Alfred de Musset

Das Schönheitspflästerchen

Musset, Alfred de

Das Schönheitspflästerchen

ISBN: 978-3-86267-499-2

Textgrundlage dieser Edition ist die deutsche Übersetzung von Curt Noch, Leipzig (1978). Der Text wurde der neuen deutschen Rechtschreibung angepasst.

Auflage: 1
Erscheinungsjahr: 2011
Erscheinungsort: Bremen, Deutschland

Europäischer Literaturverlag GmbH, Fahrenheitstr. 1, 28359 Bremen (www.elv-verlag.de).

Cover: Gemäldeausschnitt aus einem Porträt der Madame de Pompadour (1750) von François Boucher.

Das Schönheitspflästerchen

www.elv-verlag.de

I

Als im Jahre 1756 Ludwig XV., der Streitigkeiten zwischen der Richterschaft und dem Staatsrat wegen der Zwei-Sous-Steuer müde, den Entschluss fasste, einen Großen Gerichtstag abzuhalten, legten die Mitglieder des Parlaments ihre Ämter nieder. Sechzehn dieser Amtsniederlegungen wurden angenommen und daraufhin ebenso viele Verbannungen ausgesprochen. –

»Aber könnten Sie«, sagte Frau von Pompadour zu einem der Präsidenten, »könnten Sie kaltblütig mit ansehen, dass eine Handvoll Männer sich der Autorität eines französischen Königs widersetzt? Würden Sie von ihm dann nicht gering denken? Legen Sie Ihr Amtskleid ab, Herr Präsident und Sie werden dies alles so sehen, wie ich es sehe.«

Nicht nur die Verbannten büßten für ihren schlechten Willen, sondern auch ihre Verwandten und Freunde. Der König hatte Freude an der Briefzensur. Um sich von seinen Vergnügungen zu erholen, ließ er sich von seiner Mätresse alles vorlesen, was in den einlaufenden Postsachen an Merkwürdigem zu finden war. Wohl verstanden, unter dem Vorwand, seine eigne Geheimpolizei zu sein, belustigte er sich über die tausend Intrigen, die ihm so unter die Augen kamen; aber wer es irgendwie, unmittelbar oder mittelbar, mit den gegnerischen Parteihäuptern hielt, war fast immer verloren. Wie man weiß, hatte Ludwig XV. neben allen möglichen Schwächen nur eine einzige Stärke: die, unerbittlich zu sein. Als er eines Abends am Feuer saß, die Füße auf dem Kaminmantel, wie gewöhnlich in melancholischer Stimmung, durchflog die Marquise einen Stoß Briefe und zuckte lachend die Achseln. Der König fragte, was es gäbe.

»Ich finde da einen Brief«, antwortete sie, »der unsinnig ist; aber er hat etwas Rührendes und Mitleiderregendes.«

»Was steht darunter?«, sagte der König.

»Kein Name; es ist ein Liebesbrief.«

»Und was steht darüber?«

»Das ist das Spaßige. Er ist nämlich an Fräulein von Annebault adressiert, die Nichte meiner guten Freundin Frau von Estrades. Anscheinend, damit ich ihn lesen soll, hat man ihn unter diese Papiere gestopft.«

»Und was steht darin?«, fragte der König wieder.

»Ich sagte Ihnen ja, es ist eine Liebesgeschichte. Es ist auch die Rede von Vauvert und Neauflette. Gibt es in dieser Gegend Adel? Kennt Euer Majestät sie?«

Der König bildete sich etwas darauf ein, Frankreich genau zu kennen, das heißt, den französischen Adel. Die Etikette seines Hofes, die er mit Erfolg studiert hatte, war ihm nicht vertrauter als die Wappen seines Königreichs: eine ziemlich beschränkte Kenntnis, da alles Übrige nicht zählte. Aber er setzte seine Eitelkeit darein, und die Adelshierarchie war in seinen Augen gleich der Marmortreppe seines Palastes; er wollte über sie als Herr hinwegschreiten. Nachdem er einige Augenblicke nachgedacht hatte, runzelte er die Stirn, wie von einer hässlichen Erinnerung betroffen; bedeutete dann der Marquise zu lesen, lehnte sich in seinem Sessel zurück und sagte lächelnd: »Nur zu, das Mädchen ist hübsch.«

Frau von Pompadour begann in leicht spöttischem Ton einen langen Brief vorzulesen, der voller verliebter Redensarten war.

»Sehen Sie nur«, hieß es da, *»wie das Schicksal mich verfolgt! Alles schien bereit zu sein, meine Wünsche zu erfüllen, und hatten Sie selbst, meine teure Freundin, mich nicht das Glück erhoffen lassen? Dennoch muss ich darauf verzichten, und das wegen eines Vergehens, das ich nicht begangen habe. Ist es nicht ein Übermaß von Grausamkeit, mir erlaubt zu haben, den Himmel halb offen zu sehen, um*

mich nachher in den Abgrund zu stürzen? Wenn ein Unglücklicher dem Tode geweiht ist, macht man sich dann ein barbarisches Vergnügen daraus, seinen Blicken all das darzubieten, was ihn das Leben lieben und zugleich bedauern lassen muss. Und doch ist dies mein Geschick; ich habe keinen anderen Zufluchtsort mehr, keine andere Hoffnung als das Grab; denn seitdem ich unglücklich bin, darf ich nicht mehr an Ihre Hand denken. Als mir das Glück lächelte, war meine ganze Hoffnung, dass Sie mir gehören würden; heute in Armut, würde ich mich verabscheuen, wenn ich noch wagte, daran zu denken, und da ich Sie nun nicht glücklich machen kann, obgleich ich mich in Liebe für Sie verzehre, verbiete ich Ihnen, mich zu lieben ...«

Bei den letzten Worten lächelte die Marquise.

»Madame«, sagte der König, »das ist ein Ehrenmann. Aber was hindert ihn denn, seine Geliebte zu heiraten?«

»Erlauben Sie, Majestät, dass ich fortfahre! *Die Ungerechtigkeit, die mich niederdrückt, überrascht mich vonseiten des Besten der Könige. Sie wissen, dass mein Vater für mich um eine Stelle als Kornett oder Fähnrich in der Leibgarde bat und dass diese Stelle über mein Leben entschieden, da sie mir das Recht gegeben hätte, Ihnen meine Hand anzubieten. Der Herzog von Biron hatte mich vorgeschlagen; aber der König hat mich in einer Weise zurückgewiesen, der ich mit Bitterkeit gedenke, denn wenn mein*

Vater seine eigene Art hat, die Dinge zu sehen (ich gebe zu, dass es ein Fehler ist) ... muss dafür ich bestraft werden? Meine Ergebenheit für den König ist ebenso echt, so aufrichtig wie meine Liebe zu Ihnen. Man würde die eine wie die andere deutlich erkennen, wenn ich dafür zum Degen greifen könnte. Es ist zum Verzweifeln, dass man meine Bitte abweist; aber dass man mich ohne gültigen Grund in eine solche Ungnade einbezieht, das widerspricht der allbekannten Güte Seiner Majestät ...«

»Oho!«, sagte der König, »das interessiert mich.«

»Wenn Sie wüssten, wie traurig wir sind! Ach, meine Freundin, dieses Landgut Neauflette, das Lusthaus von Vauvert, die Haine! Ich gehe dort den ganzen Tag allein spazieren. Ich habe verboten zu rechen; der garstige Gärtner kam gestern mit seinem eisernen Besen. Er wollte den Sand antasten ... Die Spur Ihrer Schritte, leichter als der Wind, war dennoch nicht verwischt. Ihre Fußspitzchen und Ihre großen weißen Absätze zeichneten sich noch im Sande der Allee ab. Sie schienen sich vor mir her zu bewegen, während ich dem schönen Traumbild folgte, und die reizende Erscheinung wurde für Augenblicke lebendig, wie wenn sie in die flüchtigen Abdrücke getreten wäre. Dort, an den Beeten entlanggehend und plaudernd, war es mir vergönnt, Sie kennen-, Sie schätzen zu lernen. Eine bewundernswürdige Bildung verbunden mit dem Geist eines Engels, die Würde einer Königin mit der Grazie der Nymphen, eines Leibniz würdige

Gedanken mit einer so schlichten Sprache, die Biene Platos auf den Lippen Dianas, all das zusammen hüllte mich in den Schleier der Anbetung. Und während jener Zeit erblühten rings um uns die geliebten Blumen. Ich atmete ihren Hauch ein, während ich Ihnen zuhörte, – ihr Duft erinnerte an Sie. Sie lassen jetzt die Köpfe hangen; sie zeigen mir den Tod ...«

»Das ist schlechter Rousseau«, sagte der König. »Warum lesen Sie mir das vor?«

»Weil Euer Majestät es mir wegen der schönen Augen des Fräuleins von Annebault befohlen haben.«

»Das ist wahr, sie hat schöne Augen.«

»Und wenn ich von diesen Spaziergängen heimkehre, finde ich meinen Vater allein im großen Salon, vor einer Kerze, auf die Ellbogen gestützt, mitten unter den verblichenen Vergoldungen, die unsere wurmstichige Täfelung bedecken. Er sieht mich mit Schmerz kommen, mein Kummer stört den seinen ... Athenaïs! Hinten in diesem Salon, nahe beim Fenster, steht das Spinett, über das Ihre lieblichen Finger glitten, die mein Mund nur einmal berührt hat, während der Ihre sich sanft zu den Akkorden der zartesten Musik öffnete ... so schön, dass Ihr Gesang ein einziges Lächeln war. Was sind die Rameau, Lully, Duni und wer weiß, sehr viele andere glücklich! Ja, ja, Sie lieben sie, sie leben in Ihrem Gedächtnis; ihr Atem ist über Ihre Lippen gestrichen. Ich setze mich gleichfalls

an dieses Spinett, ich versuche, eine der Weisen zu spielen, die Ihnen gefallen; wie kalt, wie eintönig erscheinen sie mir! Ich lasse es sein und höre sie verklingen, während ihr Echo sich unter dem düsteren Gewölbe verliert. Mein Vater dreht sich um und sieht, dass ich traurig bin; was kann er dabei tun? Ein Gespräch im Alkoven, im Vorzimmer hat zwischen uns und der Außenwelt ein Gitter herabgelassen. Er sieht mich jung, feurig, voller Lebenslust, nur beherrscht von dem Verlangen, auf der Welt zu sein; er ist mein Vater und kann nichts dabei tun ...«

»Sollte man nicht meinen«, sagte der König, »dass der junge Mann auf die Jagd gegangen wäre und man ihm seinen Falken von der Faust heruntergeschossen hätte? Gegen wen hat er denn etwas?«

»*Es ist wohl richtig*«, begann die Marquise wieder und setzte die Lektüre in einem leiseren Ton fort, »*es ist wohl richtig, dass wir nahe Nachbarn und entfernte Verwandte des Abbé Chauvelin sind ...*«

»Das also ist es!«, sagte Ludwig XV. gähnend. »Wieder so ein Neffe dieser Beamten. Mein Parlament missbraucht meine Güte; sie haben wirklich zu viele Familienangehörige.«

»Aber wenn es nur ein entfernter Verwandter ist ...«

»Nein, die ganze Gesellschaft taugt nichts. Der Abbé Chauvelin ist ein Jansenist; er ist ein guter Kerl, aber er hat sein Amt niedergelegt. Werfen Sie den Brief ins Feuer, sprechen wir nicht mehr davon!«

II

Die letzten Worte, die der König gesprochen hatte, waren nicht geradezu ein Todesurteil, aber beinahe ein Lebensverbot. Was konnte im Jahre 1756 ein junger Mann ohne Vermögen anfangen, von dem der König nichts hören wollte? Er konnte versuchen, Schreiber zu werden oder Philosoph, vielleicht ein Dichter, doch dann fand er keine Förderer, und in diesem Falle taugte der Beruf nichts. Dies entsprach auch keineswegs der Neigung des Chevalier von Vauvert, der unter Tränen den Brief geschrieben hatte, über den der König sich lustig machte. Zur selben Zeit war er mit seinem Vater in dem alten Schloss Neauflette allein und ging mit trübseliger und wütender Miene im Zimmer auf und ab.

»Ich will nach Versailles gehen«, sagte er.

»Und was willst du dort tun?«

»Ich weiß nicht; aber was tue ich hier?«

»Du leistest mir Gesellschaft; gewiss ist das für dich nicht sehr amüsant, und ich halte dich in keiner Weise zurück; hast du jedoch vergessen, dass deine Mutter gestorben ist?«

»Nein, und ich habe ihr versprochen, dir das Leben zu widmen, das du mir gegeben hast. Ich werde zurückkommen, aber jetzt will ich fort; ich kann nicht mehr an diesen Stätten hier bleiben.«

»Woher kommt das?«

»Von einer großen Liebe. Ich liebe glühend Fräulein von Annebault.«

»Du weißt, dass es zwecklos ist. Nur Molière bringt Heiraten ohne Mitgift zustande. Vergisst du auch, dass ich in Ungnade bin?«

»Ist es mir wohl erlaubt, ohne an meiner tiefsten Ehrerbietung Zweifel zu erwecken, dich zu fragen, was diese Ungnade verursacht hat? Wir sind nicht das Parlament. Wir bezahlen die Steuern, wir machen sie nicht. Wenn das Parlament mit den Geldern für den König knausert, ist es seine Sache und nicht unsere. Warum zieht uns der Herr Abbé Chauvelin in sein Verderben mit hinein?«

»Der Herr Abbé Chauvelin handelt als rechtschaffener Mann. Er weigert sich, den Zehnten gutzuheißen, weil er über die Verschwendung des Hofes empört ist. Etwas Ähnliches hätte es zur Zeit der Frau von Châteauroux nicht gegeben. Sie war wenigstens noch schön, und sie kostete nichts, nicht einmal das, was sie so großmütig verschenkte. Sie war Geliebte und Herrin;

sie sagte, sie würde zufrieden sein, wenn der König, sobald er ihr seine Gunst entzöge, sie nicht in einem Kerker verfaulen lasse. Aber diese Etioles, diese Le Normand, diese unersättliche Poisson!«

»Was macht das?«

»Was das macht, fragst du? Mehr als du denkst. Weißt du auch, dass gegenwärtig, während uns der König aussaugt, das Vermögen seines Schätzchens unübersehbar ist? Gleich zu Anfang hatte sie sich eine Rente von hundertachtzigtausend Livres verschreiben lassen; aber das ist nur eine nebensächliche Kleinigkeit, das zählt jetzt gar nicht mehr. Man kann sich keine Vorstellung von den erschreckenden Summen machen, die der König ihr an den Hals wirft; es vergeht kein Vierteljahr, dass sie nicht flugs, wie durch Zufall, fünf- oder sechshunderttausend Livres wegschnappt, gestern von der Salzsteuer, heute von den Budgeterhöhungen des Marstallamts. Neben den Wohnungen, die sie in allen königlichen Palästen besitzt, kauft sie la Selle, Cressy, Aulnay, Brinborion, Marigny, Saint-Rémi, Bellevue und viele andere Landsitze, Schlösser in Paris, in Fontainebleau, in Versailles, in Compiègne, gar nicht zu rechnen ein geheimes Vermögen, das in allen Ländern, in allen Banken Europas angelegt ist, wahrscheinlich für den Fall der

Ungnade oder des Todes des Herrschers. Und wer bezahlt dies alles, bitte?«

»Ich weiß nicht, Vater, aber ich nicht.«

»Du, wie jeder andere, Frankreich, das Volk, das Blut und Wasser schwitzt, das auf den Straßen schreit, das Pigalles Standbild Ludwigs XV. besudelt. Und das Parlament will das alles nicht mehr; es will keine neuen Steuern mehr. Als es sich um Kriegskosten handelte, lag unser letzter Sou bereit; wir dachten nicht daran, zu feilschen. Der siegreiche König konnte deutlich sehen, dass er im ganzen Königreich geliebt wurde, noch deutlicher, als er beinahe starb. Da hörte jede Meinungsverschiedenheit, jede Parteiung, jeder Groll auf; ganz Frankreich warf sich vor dem Bett des Königs auf die Knie und betete für ihn. Aber wenn wir, ohne nachzurechnen, seine Soldaten oder seine Ärzte bezahlen, so wollen wir nicht mehr seine Mätressen bezahlen, und wir haben anderes zu tun, als Frau von Pompadour auszuhalten.«

»Ich verteidige sie nicht. Ich vermag ihr weder unrecht noch recht zu geben; ich habe sie nie gesehen.«

»Zweifellos; und du würdest gar nicht böse sein, sie zu sehen, nicht wahr, um dann eine Meinung zu haben? Denn in deinem Alter urteilt der Verstand durch die Augen. Versuche es also, wenn es dir gut dünkt; doch dieses Vergnügen wird dir versagt bleiben.«

»Warum?«

»Weil es eine Torheit ist; weil die Marquise in ihren Boudoirs von Brinborion ebenso unsichtbar ist wie der Großtürke in seinem Serail; weil man dir die Tür vor der Nase zuschlagen wird. Was willst du tun? Das Unmögliche versuchen? Wie ein Abenteurer dein Glück auf die Probe stellen?«

»Nein, aber als ein Liebender. Ich will keineswegs als Bittsteller auftreten, sondern gegen eine Ungerechtigkeit Einspruch erheben. Ich hatte eine begründete Hoffnung, fast ein Versprechen des Herrn von Biron; mir stand unmittelbar bevor, zu besitzen, was ich liebe, und diese Liebe ist keineswegs unvernünftig, du selbst hast sie nicht missbilligt. Gestatte also, dass ich versuche, meine Sache selbst zu vertreten. Ob ich es mit dem König oder mit Frau von Pompadour zu tun haben werde, weiß ich nicht, aber ich will fort.«

»Du weißt nicht, was das ist, der Hof, und du willst dich dort einfach vorstellen!«

»Nun, ich werde vielleicht freundlicher empfangen werden, weil ich unbekannt bin.«

»Du unbekannt? Glaubst du? Mit einem Namen wie deinem! ... Wir sind alter Adel; du kannst nicht unbekannt sein.«

»Nun gut! Der König wird mich anhören.«

»Er wird dich nur nicht anhören wollen. Du träumst von Versailles und wirst glauben, dort zu sein, wenn dein Postillon anhält ... Angenommen, du gelangtest bis ins Vorzimmer, in die Galerie, in den Wartesaal der Kavaliere, so wirst du zwischen Seiner Majestät und dir nur den Flügel einer Tür sehen, und es wird ein Abgrund dazwischenliegen. Du wirst andere Schritte unternehmen, du wirst Umwege suchen, Protektion, und wirst keine finden. Wir sind verwandt mit Herrn von Chauvelin; und wie glaubst du, dass der König sich rächt? Durch Folter an Damiens; durch Verbannung am Parlament, aber an uns anderen durch ein Wort oder, was noch schlimmer ist, durch Schweigen. Weißt du, was das Schweigen des Königs bedeutet, wenn er im Vorbeigehen, statt dir zu antworten, dich stumm ansieht und damit vernichtet? Neben der Hinrichtung auf dem Grève-Platz und der Gefangenschaft in der Bastille ist dies ein gewisser Grad der Bestrafung, die, anscheinend weniger grausam, ebenso gut wie die Hand des Henkers brandmarkt. Der Verurteilte bleibt zwar in Freiheit, aber er darf nicht mehr daran denken, sich einer Frau noch einem Höfling zu nähern, weder einen Salon noch eine Abtei noch eine Kaserne zu betreten. Vor ihm verschließt sich alles, jeder wendet sich ab, und so spaziert er unvermutet in ein unsichtbares Gefängnis.«

»Ich werde mich darin so stark rühren, dass ich wieder herauskomme.«

»Du kannst es nicht mehr als ein anderer. Der Sohn des Herrn von Meynières war nicht schuldiger als du. Man hatte ihm, wie dir, Versprechungen gemacht, er hegte die berechtigtsten Hoffnungen. Sein Vater, der ergebenste Untertan Seiner Majestät, der rechtschaffenste Mann im Königreich, ging mit seinen grauen Haaren, vom König zurückgewiesen, zu dem Schätzchen, nicht um sie zu bitten, sondern um zu versuchen, sie zu überreden. Weißt du, was sie geantwortet hat? Es sind ihre eigenen Worte, die Herr von Meynières mir in einem Briefe mitgeteilt hat: *Der König ist der Herr; er hält es nicht für ratsam, Ihnen seine Unzufriedenheit persönlich kundzugeben; er begnügt sich damit, Sie es spüren zu lassen, indem er Ihrem Herrn Sohn eine Stelle vorenthält. Sie auf andere Weise zu bestrafen, hieße einen Prozess anfangen, und das will er nicht; man muss seinen Willen achten. Doch ich beklage Sie, ich teile Ihren Schmerz, ich bin Mutter gewesen; ich weiß, was Sie es kosten muss, Ihren Sohn ohne Stel-*

lung zu lassen. Das ist der Stil dieser Kreatur, und du willst dich ihr zu Füßen werfen!«

»Man sagt, dass die entzückend seien.«

»Zum Teufel! Ja. Sie ist übrigens nicht hübsch, und der König liebt sie nicht, wie man weiß. Er gibt ihr nach, er knickt vor dieser Frau zusammen. Um ihre seltsame Macht aufrechtzuerhalten, muss sie etwas anderes haben als ihre Larve.«

»Man behauptet, sie besitze viel Geist.«

»Und kein Herz; ein schönes Verdienst.«

»Kein Herz – sie, die so schön die Verse Voltaires zu deklamieren weiß, nach Rousseaus Musik singt; sie, die Alzire und Colette spielt! Das ist unmöglich, das werde ich niemals glauben.«

»Suche sie auf, da du es einmal willst. Ich rate nur, ich befehle nicht; aber du wirst nicht einmal deine Reisekosten herausschlagen. Du liebst also das Fräulein von Annebault sehr?«

»Mehr als mein Leben.«

»Dann reise!«

III

Man hat gesagt, dass Reisen der Liebe Abbruch tun, weil sie Ablenkungen bieten; man hat auch gesagt, dass sie die Liebe stärken, weil sie Zeit lassen, von ihr zu träumen. Der Chevalier war zu jung, um so gelehrte Unterscheidungen anzustellen. Des Wagens überdrüssig, hatte er mittwegs ein Postpferd gemietet und kam so gegen fünf Uhr abends in der Herberge zur »Sonne« an, deren Zeichen, damals schon aus der Mode gekommen, noch aus der Zeit Ludwigs XIV. stammte.

In Versailles lebte ein alter Priester, der in der Nähe von Neauflette Pfarrer gewesen war; der Chevalier kannte und liebte ihn. Dieser schlichte und arme Pfarrer hatte einen Neffen, der eine Pfründe innehatte, Abbé bei Hofe war und nützlich sein konnte. Der Chevalier suchte also den Neffen auf, der als Mann von Bedeutung in einem weißen Spitzenkragen den Ankömmling sehr freundlich empfing und es nicht verschmähte, seine Bitte anzuhören.

»Potztausend«, entgegnete er, »Sie kommen gerade recht. Heute Abend ist bei Hofe Oper, eine Art Festvorstellung, ich weiß nicht, warum. Ich gehe nicht hin, weil ich mit der Marquise schmolle, um etwas zu erlangen; doch hier sind gerade ein paar Zeilen des Herzogs von Aumont, um die ich ihn für jemand gebeten hatte, ich weiß nicht mehr, für wen. Gehen Sie hin! Sie sind zwar noch nicht vorgestellt, aber für den Theaterabend ist das nicht notwendig. Versuchen Sie sich im kleinen Foyer einzufinden, wenn der König durchkommt. Ein Blick, und Ihr Glück ist gemacht.«

Der Chevalier dankte dem Abbé, und ermüdet von einer Nacht, in der er schlecht geschlafen hatte, und einer Tagereise zu Pferd, machte er vor einem Spiegel in der Herberge so lässig Toilette, wie es Verliebten gut steht. Eine wenig erfahrene Magd bediente ihn, so gut sie konnte, und bestäubte seinen flitterbesetzten Rock mit Puder. So machte er sich auf den Weg zum Glück. Er war zwanzig Jahre alt.

Die Nacht brach herein, als er am Schlosse ankam. Er schritt schüchtern auf das Gittertor zu und fragte die Wache nach dem Weg. Man wies ihn nach der großen Treppe. Dort erfuhr er von dem Schweizer, die Oper habe bereits angefangen und der König, und das heißt die ganze Gesellschaft, wäre im Saal.

»Wenn der Herr Marquis über den Hof gehen will«, setzte der Schweizer hinzu (den Titel Marquis gab er ihm aufs Geratewohl), »ist er gleich im Theater. Wenn er lieber durch die Zimmer gehen will ...«

Der Chevalier kannte das Palais nicht. Neugier ließ ihn zunächst antworten, er werde durch die Zimmer gehen; dann, als ein Lakai sich anschickte, ihm zu folgen, um ihn zu führen, ließ eine Regung von Eitelkeit ihn hinzufügen, er brauche nicht begleitet zu werden. Er ging also, nicht ohne einige Aufregung, allein weiter.

Versailles erstrahlte im Licht. Vom Erdgeschoss bis zum First funkelten die Kronleuchter, die Wandleuchter, die vergoldeten Möbel, der Marmor. Abgesehen von den Gemächern der Königin standen die Türen überall weit offen. Wie der Chevalier so dahinschritt, wurde er von einem Staunen und einer Bewunderung ergriffen, die man sich nur schwer vorstellen kann; denn was den Anblick, der sich ihm bot, so wunderbar machte, war nicht nur die Schönheit und der Glanz an sich selbst, es war die vollkommene Einsamkeit, die ihn in dieser verzauberten Einöde umfing.

In der Tat, in einem riesigen Gebäude, sei es nun ein Tempel, ein Kloster oder ein Schloss, allein zu sein, hat etwas Seltsames, sozusagen Geheimnisvolles an sich. Der Bau scheint auf dem Menschen zu lasten. Die Mauern blicken ihn an; das Echo hört ihm zu; das Geräusch seiner Tritte stört das tiefe Schweigen, sodass er unwillkürlich Angst empfindet und nur mit Ehrfurcht aufzutreten wagt.

So erging es zunächst auch dem Chevalier; aber bald gewann die Neugier die Oberhand und zog ihn mit sich fort. Die Kandelaber der Spiegelgalerie warfen ihr Licht einander im Widerspiel zu. Man weiß, wie viele Tausende von Liebesgöttern, Nymphen und Schäferinnen sich damals auf den Täfelungen tummelten, an den Zimmerdecken flatterten und das ganze Palais mit einem ungeheuren Gewinde zu umschlingen schienen. Hier waren weite Säle mit Thronhimmeln aus goldbesticktem Samt und mit Prunksesseln, die noch die majestätische Steifheit des großen Königs bewahrten; dort zerknitterte Ruhebetten; Klappsessel, unordentlich um einen Spieltisch herumstehend; eine endlose Reihe von ständig leeren Salons, deren Pracht umso mehr glänzte, je zweckloser sie war; hie und da Geheimtüren, die auf unabsehbare Korridore führten; tausend Treppen, tausend kleine Gänge, die einander kreuzten wie in einem Labyrinth; Säulen, Podien, wie für Riesen gemacht; Boudoirs, verwinkelt angelegt wie Kinderverstecke; ein riesiges Gemälde von Vanloo über einem Porphyrkamin; eine vergessene Schachtel mit Schönheitspflästerchen neben der Figur eines chinesischen Affen; bald erdrückende Größe, bald weichliche Grazie; und überall in der Fülle des Luxus, der Verschwendungssucht und Verweichlichung tausend berauschende Wohlgerüche, seltsame und ganz verschiedenartige, Duft von Blumen, gemischt mit dem von Frauen, entnervende Lauheit, Atem der Wollust.

Mit zwanzig Jahren an einem solchen Orte inmitten dieser Wunder sein und sich allein befinden, bedeutete sicherlich, davon geblendet werden. Der Chevalier ging aufs Geratewohl immer weiter, wie in einem Traum. »Ein wahres Märchenschloss«, murmelte er; und tatsächlich schien es ihm, als sähe er hier sich eines der Märchen verwirklichen, in denen verirrte Prinzen Zauberschlösser entdecken.

Waren es sterbliche Geschöpfe, die diesen unvergleichlichen Ort bewohnten? Waren es wirkliche Frauen, die sich auf diese Sessel gesetzt und deren zarte Formen auf diesen Polstern den leichten Eindruck hinterlassen hatten, der noch die Lässigkeit erkennen ließ? Wer weiß? Aus den dicken Vorhängen hinten in irgendeiner riesigen, glänzenden Galerie würde vielleicht plötzlich eine Prinzessin erscheinen, die hundert Jahre geschlafen hatte, eine Fee im Reifrock, eine Armida im Flitterkleid, oder aus einer Marmorsäule, aus einer vergoldeten Täfelung eine Nymphe des Hofes hervortreten.

Wider Willen all diesen Trugbildern nachhängend, hatte sich der Chevalier, um besser träumen zu können, auf ein Sofa geworfen und wäre dort vielleicht lange liegen geblieben – hätte er sich nicht seiner Liebe erinnert. Was tat zu dieser Zeit wohl seine Vielgeliebte, das Fräulein von Annebault, die in einem alten Schloss allein zurückgeblieben war?

»Athenaïs!«, rief er plötzlich aus, »wozu verliere ich hier meine Zeit? Ist mein Verstand verwirrt? Wo bin ich denn, großer Gott, und was geht in mir vor?«

Er stand auf und setzte seinen Weg durch dieses Neuland fort; und er verlief sich selbstverständlich. In einer Galerie tauchten einige Lakaien auf, die leise miteinander sprachen. Er ging auf sie zu und fragte sie nach dem Weg, um in den Theatersaal zu gelangen. »Wenn der Herr Marquis«, war die Antwort (stets nach der gleichen Formel), »sich die Mühe nehmen will, diese Treppe hinunterzugehen und rechts in die Galerie einzubiegen, muss er am Ende wieder drei Stufen hinaufgehen; darauf wendet er sich nach links und hat er den Dianasalon, den Apollosalon, den Salon der Musen und den des Frühlings durchschritten, so muss er wieder sechs Stufen hinuntergehen; wenn er dann den Saal der Wache rechts liegen lässt, wie um zur Ministertreppe zu gelangen, kann er nicht verfehlen, dort andere Türsteher zu treffen, die ihm den Weg zeigen werden.«

»Sehr verbunden«, sagte der Chevalier, »und bei so guten Auskünften wird es meine Schuld sein, wenn ich mich nicht zurechtfinde.«

Er setzte sich wieder mutig in Marsch, blieb aber wider Willen immer einmal stehen, um sich auf der einen oder anderen Seite etwas anzusehen; dann dachte er wieder an seine Liebe. Endlich, nach einer guten Viertelstunde, traf er, wie man es ihm angekündigt hatte, auf neue Lakaien.

»Der Herr Marquis hat sich geirrt«, sagten ihm diese, »er hätte sich nach dem anderen Flügel des Schlosses begeben sollen; aber nichts ist leichter, als dahin zu gelangen. Der Herr braucht nur diese Treppe hinunterzugehen, dann den Nymphensalon zu durchschreiten, den des Sommers, den des ...«

»Ich danke Ihnen«, sagte der Chevalier.

›Es ist töricht von mir‹, dachte er noch, ›die Leute wie ein Tölpel zu befragen. Ich mache mich ganz umsonst lächerlich, und wenn sie, das Unmögliche angenommen, sich über mich nicht lustig machen – was nützen mir diese Aufzählungen und alle die pompösen Namen der Salons, von denen ich nicht einen einzigen kenne?‹

Er entschloss sich, geradeaus zu gehen, soweit es sich tun ließ. ›Denn trotz allem‹, sagte er sich, ›ist dieses Palais sehr schön; es ist sehr groß, aber es hat Grenzen, und wäre es dreimal so lang wie unsere Heide, einmal muss ich wohl ans Ende kommen.‹

Doch es ist nicht leicht, in Versailles lange geradeaus zu gehen, und der ländliche Vergleich der königlichen Wohnung mit einer Heide missfiel vielleicht den Nymphen des Ortes, denn sie fingen wieder an, den armen Verliebten in der schlimmsten Weise irrezuleiten, und zweifellos um ihn zu strafen, machten sie sich ein Vergnügen daraus, ihn im Kreise herumlaufen zu lassen, indem sie ihn unaufhörlich an dieselbe Stelle zurückführten. Genau wie einen Landmann, der sich in einem Buchengang verirrt hat, verwirrten sie ihn in ihrem Labyrinth aus Marmor und Gold.

In den »Römischen Altertümern« Pipanesis gibt es eine Reihe von Stichen, die der Künstler seine »Träume« nennt und die eine Erinnerung an seine eigenen Visionen während eines Fieberdeliriums sind. Die Stiche stellen weite gotische Säle dar. Auf dem Fußboden liegen alle Arten von Geräten und Maschinen, Räder, Taue, Rollen, Hebel, Katapulte und so weiter, als Ausdruck einer gewaltigen Kraft, die in Tätigkeit versetzt ist, und einer furchtbaren Widerstandsfähigkeit. Längs der Mauern bemerkt man eine Treppe, und diese Treppe erklimmt, nicht ohne Mühe, Piranesi selbst. Verfolgt man die Stufen etwas weiter, so hören sie plötzlich vor einem Abgrund auf. Was auch immer dem armen Piranesi zugestoßen sein mag, man glaubt ihn wenigstens am Ende seiner Mühen, denn er kann keinen weiteren Schritt tun, ohne zu fallen. Aber lässt man den Blick nach oben schweifen, sieht man eine zweite Treppe, die sich in die Luft erhebt, und auf dieser Treppe noch einmal Piranesi am Rand eines anderen Abgrunds. Schaut man noch höher, steigt eine noch luftigere Treppe vor einem auf, und abermals setzt der arme Piranesi seinen Aufstieg fort, und so immer weiter, bis die endlose Treppe und Piranesi zusammen in den Wolken verschwinden, das heißt am Rand des Stiches.

Diese fieberhafte Allegorie stellt recht deutlich den Verdruss über ein zweckloses Bemühen und jenes gewisse Schwindelgefühl dar, das aus der Ungeduld entsteht. Der Chevalier, immerfort von Salon zu Salon, von Galerie zu Galerie weiterschreitend, wurde von einer Art Zorn ergriffen.

»Bei Gott!«, sagte er, »das ist unausstehlich. Nachdem ich so entzückt, so hingerissen, so begeistert war, in diesem verwünschten Schloss allein zu sein« – es war jetzt nicht mehr das Märchenschloss – »kann ich nicht wieder hinausgelangen. Der Teufel hole den Dünkel, der mir den Gedanken eingab, hier einzudringen wie der Prinz Fanfarinet mit seinen Stiefeln aus massivem Gold, statt dem ersten besten Lakaien zu sagen, mich ganz einfach in den Theatersaal zu führen!«

Als er dieses verspätete Bedauern empfand, stand der Chevalier wie Piranesi auf einem Treppenabsatz vor drei Türen, und es war ihm, als höre er hinter der mittleren ein so zärtliches, so leichtes, sozusagen wollüstiges Gemurmel, dass er sich nicht enthalten konnte, zu lauschen. In dem Augenblick, als er zitternd näher trat, um indiskret zu horchen, wurden beide Flügel der Tür geöffnet. Eine Wolke duftgeschwängerter Luft und ein Sturzbach von Licht, dass die Spiegelgalerie dagegen verblasste, trafen ihn so unversehens, dass er einige Schritte zurückwich.

»Will der Herr Marquis eintreten?«, fragte der Türhüter, der die Tür geöffnet hatte.

»Ich wollte in die Komödie gehen«, antwortete der Chevalier.

»Sie ist eben zu Ende gegangen.«

Im gleichen Augenblick kamen schöne Damen, zart weiß und rot geschminkt, aus dem Theatersaal, wobei sie alten wie jungen Herren nicht etwa den Arm noch selbst die Hand, sondern die Fingerspitzen reichten und besorgt waren, seitlich zu gehen, um nicht ihre Reifröcke zu verderben. Die ganze glänzende Gesellschaft sprach leise, mit gedämpfter Fröhlichkeit, die mit Scheu und Ehrfurcht gemischt war.

»Was bedeutet das?«, sagte der Chevalier, der nicht erriet, dass der Zufall ihn gerade ins kleine Foyer geführt hatte.

»Der König wird gleich vorüberkommen«, antwortete der Türhüter.

Es gibt eine Art Unerschrockenheit, die zu allem fähig ist, sie ist nur allzu billig: Es ist der Mut schlecht erzogener Menschen. Unser junger Provinzler, obgleich er an sich recht tapfer war, besaß diese Eigenschaft nicht. Bei den bloßen Worten: »Der König wird gleich vorüberkommen«, blieb er, fast erschrocken, unbeweglich stehen.

König Ludwig XV., der auf der Jagd ein Dutzend Meilen zu Pferde zurücklegte, ohne weiter darauf zu achten, war, wie man weiß, äußerst bequem. Er rühmte sich, nicht ohne Grund, der erste Edelmann Frankreichs zu sein, und seine Mätressen sagten ihm, nicht ohne Ursache, dass er der bestgewachsene und schönste sei. Es war schon eine große Angelegenheit, wenn man ihn seinen Lehnstuhl verlassen sah und er geruhte, ein paar Schritte zu tun. Als er durch das Foyer schritt, einen Arm auf die Schulter des Herrn von Argenson gelegt oder vielmehr ausgestreckt, während sein roter Absatz über das Parkett schleifte (er hatte diese Faulheit in Mode gebracht), hörte alles Geflüster auf; die Höflinge senkten den Kopf, da sie nicht offen zu grüßen wagten, und die schönen Damen beugten sich anmutig bis auf ihre feuerroten Strumpfbänder in den Wust von Falbeln hinab und wagten jenen koketten Gruß, den unsere Großmütter einen Hofknicks nannten und den unser Jahrhundert durch das brutale Shakehands der Engländer ersetzt hat.

Aber der König kümmerte sich um nichts, er sah nur, was ihm gefiel. Vielleicht war Alfieri zugegen, der in seinen Lebenserinnerungen seine Vorstellung in Versailles folgendermaßen beschreibt:

»Ich wusste, dass der König nie mit Fremden sprach, die nicht besonders bedeutend waren; ich konnte mich indessen nicht an die teilnahmslose und stolze Haltung Ludwigs XV. gewöhnen. Er musterte den Mann, der ihm vorgestellt wurde, vom Kopf bis zu den Füßen, schien aber von ihm überhaupt keinen Eindruck zu empfangen. Mir scheint jedoch, dass, wenn man zu einem Riesen sagte: ›Hier stelle ich Ihnen eine

Ameise vor‹, er sie lächelnd ansehen oder vielleicht sagen würde: ›Ach, das kleine Tier!‹«

Der schweigsame Monarch schritt also durch diesen Blütenkranz schöner Damen und den ganzen Hof hindurch und wahrte mitten unter der Menge seine Einsamkeit. Für den Chevalier bedurfte es keines langen Nachdenkens, um zu begreifen, dass er vom König nichts zu hoffen hatte und dass die Schilderung seiner Liebe bei ihm keinen Erfolg haben würde.

›Ich Unglücklicher!‹, dachte er. ›Mein Vater hat nur allzu recht gehabt, als er mir sagte, dass ich zwei Schritt vom König entfernt zwischen ihm und mir einen Abgrund entdecken würde. Wenn ich trotzdem wagte, um eine Audienz zu bitten, wer sollte mich protegieren? Wer mich vorstellen? Da steht er, der unumschränkte Gebieter, der mit einem Wort mein Schicksal wenden, mein Glück sichern, alle meine Wünsche erfüllen kann. Er steht vor mir; wenn ich die Hand ausstreckte, könnte ich sein Gewand berühren ... und ich fühle mich weiter von ihm entfernt, als wenn ich noch hinten in meiner Provinz säße. Wie kann man ihn sprechen? Wie sich ihm nähern? Wer wird mir dazu verhelfen?‹

Während so der Chevalier verzweifelte, sah er eine recht hübsche junge Dame eintreten, mit anmutigen, feinen Zügen; sie war sehr einfach gekleidet, und zwar ganz in Weiß, ohne Diamanten und Stickereien, mit einer Rose im Haar. Sie hatte einem Herrn, der sehr geistreich aussah, die Hand gereicht und sprach mit ihm ganz leise hinter ihrem Fächer. Nun wollte es aber der Zufall, dass ihr beim Plaudern, Lachen und Gestikulieren der Fächer entglitt und unter einen Sessel fiel, der gerade vor dem Chevalier stand. Er stürzte sofort darauf zu, um ihn aufzuheben, und als er dazu ein Knie auf den Boden gesetzt hatte, erschien ihm die junge Dame so reizend, dass er ihr den Fächer überreichte, ohne sich zu erheben. Sie blieb stehen, lächelte und ging, mit einem leichten Neigen des Kopfes dankend, weiter; aber bei dem Blick, den sie dem Chevalier zugeworfen hatte, fühlte er sein Herz schlagen, ohne zu wissen, warum. – Er hatte recht. – Die junge Dame war ›die kleine Etioles‹, wie sie die Missvergnügten noch nannten, während die andern, wenn sie von ihr sprachen, ›die Marquise‹ sagten, wie man ›die Königin‹ sagt.

IV

›Sie wird mich protegieren, sie wird mir zu Hilfe kommen! Ach, wie recht hatte der Abbé, als er mir sagte, dass ein Blick mein Leben entscheiden würde! Ja, diese so klugen und lieben Augen, dieses reizende schelmische Mündchen, dieser kleine Fuß, der unter dem Pompon verschwindet ... Das ist meine gute Fee!‹

So dachte, fast laut, der Chevalier, als er in seine Herberge heimkehrte. Woher kam ihm diese plötzliche Hoffnung? Sprach nur seine Jugend, oder hatten die Augen der Marquise gesprochen?

Doch die Schwierigkeit blieb die gleiche. Wenn er auch jetzt nicht mehr daran dachte, sich dem König vorstellen zu lassen – wer aber würde ihn der Marquise vorstellen?

Er brachte einen großen Teil der Nacht damit zu, an Fräulein von Annebault einen Brief zu schreiben, der nahezu dem glich, den Frau von Pompadour gelesen hatte.

Diesen Brief wiederzugeben, wäre höchst zwecklos. Außer Dummköpfen bilden sich nur Verliebte ein, etwas Neues zu sagen, wenn sie stets dasselbe wiederholen.

Gleich am frühen Morgen ging der Chevalier aus und lief wie ein Träumer durch die Straßen. Es kam ihm nicht in den Sinn, noch einmal seine Zuflucht zu dem Abbé zu nehmen, damit dieser ihn protegierte, und es wäre schwer, den Grund anzugeben, der ihn daran hinderte. Es war wie eine Mischung von Scheu und Kühnheit, falscher Scham und Schwärmerei. Und in der Tat, was hätte ihm der Abbé geantwortet, wenn er sein Erlebnis vom Vortag erzählt hätte? »Sie waren im richtigen Augenblick zugegen, um einen Fächer aufzuheben; haben Sie es auch zu nützen verstanden? Was haben Sie zu der Marquise gesagt?« – »Nichts.« – »Sie hätten sprechen müssen.« – »Ich war verwirrt, ich hatte den Kopf verloren.« – »Das ist ein Fehler; man muss die Gelegenheit zu ergreifen wissen; doch das kann wiedergutgemacht werden. Wünschen Sie, dass ich Sie Herrn Soundso vorstelle? Er gehört zu meinen Freunden. Frau Soundso? Sie wäre noch besser. Wir werden versuchen, Sie zu der Marquise vordringen zu lassen, die Ihnen Furcht eingeflößt hat, und diesmal ...«, und so weiter.

Aber der Chevalier kümmerte sich um nichts dergleichen. Ihm schien, dass, wenn er sein Abenteuer erzählte, er es sozusagen entweihen und ihm den Reiz nehmen würde. Er sagte sich, dass der Zufall für ihn etwas Unerhörtes, Unglaubliches getan habe und dass es ein Geheimnis zwischen ihm und der Glücksgöttin bleiben müsse; dem ersten Besten dies Geheimnis anvertrauen, hieß nach seiner Meinung ihm den Wert rauben und sich dessen unwürdig erweisen. – ›Ich bin gestern allein ins Schloss Versailles gegangen‹, dachte er, ›ich werde auch allein ins Trianon gehen‹ (das war derzeit der Wohnsitz der Favoritin).

Eine solche Denkweise kann und muss berechnenden Köpfen abwegig erscheinen, die nichts außer Acht und so wenig wie möglich dem Zufall überlassen; aber die kältesten Menschen, wenn sie jung gewesen sind (jeder ist es nicht, auch nicht in der Jugendzeit), haben das wunderliche, zugleich zaghafte und kühne, gefährliche und verlockende Gefühl kennenlernen können, das uns dem Schicksal in die Arme treibt. Man fühlt sich blind, und man will es sein; man weiß nicht, wohin man geht, und man geht doch. Der Reiz liegt in der Unbekümmertheit und sogar in der Unwissenheit; es ist die Freude des Künstlers, der träumt, des Verliebten, der die Nacht unter den Fenstern seiner Geliebten zubringt; es ist auch der Instinkt des Soldaten, vor allem der des Spielers.

Fast unbewusst also hatte der Chevalier den Weg nach Trianon eingeschlagen. Ohne sehr festlich gekleidet zu sein, fehlte es ihm weder an

Eleganz noch an jenem Benehmen, auf das hin ein Lakai, der einem unterwegs begegnet, nicht nach dem Wohin fragt. Es wurde ihm also nicht schwer, dank einiger Auskünfte, die er in seiner Herberge eingeholt hatte, bis ans Gittertor des Schlosses zu gelangen, wenn man dieses Schmuckkästchen aus Marmor so nennen kann, das einst so viel Vergnügen und Langeweile sah. Leider war das Tor geschlossen, und ein dicker Schweizer in einem einfachen Überrock ging, die Hände auf dem Rücken, auf der inneren Allee spazieren, wie einer, der jemand erwartet.

›Der König ist hier‹, sagte sich der Chevalier, ›oder die Marquise ist nicht da. Wenn die Tore geschlossen sind und die Bedienten spazieren gehen, ist offensichtlich die Herrschaft unter sich oder ausgefahren.‹

Was tun? Sosehr er einen Augenblick zuvor Vertrauen und Mut in sich fühlte, sosehr empfand er plötzlich Verwirrung und Enttäuschung. Allein der Gedanke ›Der König ist hier!‹ erschreckte ihn mehr, als es am Abend vorher die fünf Worte »Der König wird gleich vorüberkommen!« getan hatten, denn da war es nur das Unvorhergesehene, und jetzt kannte er diesen kalten Blick, diese fühllose Majestät.

›Du lieber Gott, was für ein Gesicht würde ich ziehen, wenn ich unbesonnenerweise versuchte, in diesen Garten einzudringen, und ich mich dem stolzen Monarchen gegenüber sähe, wie er am Rand eines Baches den Kaffee einnimmt?‹ Sogleich erstand vor dem armen Verliebten die unfreundliche Silhouette der Bastille; statt des reizenden Bildes, das er sich von der Marquise bewahrt hatte, die lächelnd an ihm vorüberschritt, sah er Türme und Kerkerlöcher, schwarzes Brot und das Wasser bei der Folterung; er kannte die Geschichte Latudes. Allmählich kam er wieder zu ruhigem Nachdenken, und allmählich entfloh die Hoffnung. ›Und doch‹, sagte er sich, ›tue ich nichts Unrechtes, und auch der König nicht. Ich begehre gegen eine Ungerechtigkeit auf; ich habe nie auf jemand ein Spottlied gemacht. Man hat mich gestern in Versailles so gut aufgenommen, und die Lakaien sind so höflich gewesen! Wovor habe ich Angst? - Eine Dummheit zu begehen. Ich werde noch andere begehen, die diese wettmachen werden.‹

Er näherte sich dem Gittertor und berührte es mit dem Finger; es war nicht verschlossen. Er öffnete es und trat beherzt ein. Der Schweizer drehte sich verdrießlich um. »Was wollen Sie? Wohin gehen Sie?«

»Ich gehe zu Frau von Pompadour.«

»Haben Sie eine Audienz?«

»Ja.«

»Wo ist Ihr Einführungsschreiben?«

Es war aus mit dem »Marquis« des Vorabends, und diesmal gab es keinen Herzog von Aumont mehr. Der Chevalier schlug betrübt die Augen nieder und bemerkte, dass seine weißen Strümpfe und seine Schuhschnallen aus Bergkristall mit Staub bedeckt waren. Er hatte den Fehler begangen, zu Fuß in ein Gebiet zu kommen, wo man nicht zu Fuß ging. Der Schweizer senkte ebenfalls die Augen und musterte ihn, nicht vom Kopf bis zu den Füßen, sondern von den Füßen bis zum Kopf. Der Anzug erschien ihm annehmbar, aber der Hut saß ein wenig schief, und aus dem Haar war der Puder herausgefallen.

»Sie haben kein Einführungsschreiben. Was wollen Sie?«

»Ich möchte Frau von Pompadour sprechen.«

»Ach nein! Und Sie glauben, das geht so ohne Weiteres?«

»Ich weiß es nicht! Ist der König hier?«

»Vielleicht. Gehen Sie hinaus und lassen Sie mich in Ruhe!«

Der Chevalier wollte nicht zornig werden; doch wider seinen Willen ließ ihn diese Unverschämtheit erbleichen.

»Ich habe manchmal einem Lakaien gesagt, er solle hinausgehen«, erwiderte er, »aber ein Lakai hat mir das noch nie gesagt.«

»Lakai! Ich ein Lakai?«, schrie der wütende Schweizer.

»Lakai oder Pförtner oder Diener, das ganze Bedientenpack, das interessiert mich nicht, es ist mir völlig gleichgültig.«

Mit geballten Fäusten und feuerrotem Kopf tat der Schweizer einen Schritt auf den Chevalier zu. Der Chevalier, der gegenüber einer augenscheinlichen Drohung seine Überlegenheit wiederfand, lockerte seinen Degen.

»Hüten Sie sich!«, sagte er. »Ich bin ein Edelmann, und es kostet nur sechsunddreißig Livres, wenn man einen Lümmel wie Sie ins Jenseits befördert.«

»Wenn Sie ein Edelmann sind, mein Herr, so stehe ich im Dienst des Königs; ich tue nur meine Pflicht, und glauben Sie ja nicht ...«

In diesem Augenblick war von ferne der Klang einer Fanfare zu hören, der aus dem Wald von Satory zu kommen schien; das Echo hallte sie wider. Der Chevalier ließ seinen Degen in die Scheide zurückgleiten, und nicht mehr an den begonnenen Streit denkend, sagte er:

»Donnerwetter, der König bricht zur Jagd auf. Warum haben Sie mir das nicht gleich gesagt?«

»Das geht mich nichts an und Sie auch nicht.«

»Hören Sie mal, guter Freund! Der König ist nicht da, ich habe kein Einführungsschreiben, ich habe keine Audienz. Hier ist ein Trinkgeld, lassen Sie mich ein!« Er zog ein paar Goldstücke aus der Tasche.

Der Schweizer musterte ihn wieder mit äußerster Verachtung. »Was soll das heißen?«, sagte er wegwerfend. »Versucht man sich auf diese Weise Zutritt zu einem königlichen Hause zu verschaffen? Sehen Sie sich vor, dass ich Sie, statt Sie gehen zu lassen, nicht hier einsperre.«

»Du, du Lümmel?«, sagte der Chevalier, der wieder in Zorn geriet und zum Degen griff.

»Ja, ich«, sagte der Dicke.

Aber während dieser Unterhaltung, in der seinen Helden bloßgestellt zu haben der Verfasser bedauert, hatten dichte Wolken den Himmel verdüstert; ein Gewitter bereitete sich vor. Ein jäher Blitz zuckte auf, gefolgt von einem heftigen Donnerschlag, und der Regen begann herabzuprasseln. Der Chevalier, der seine Goldstücke noch in der Hand hielt, sah auf seinem staubigen Schuh einen Wassertropfen, so groß wie ein kleiner Taler.

»Verflucht!«, sagte er. »Wir wollen uns in Sicherheit bringen. Es steht nicht dafür, sich durchweichen zu lassen.« Und er lenkte schleunigst seine Schritte nach der Höhle des Zerberus oder, wenn man will, dem Pförtnerhäuschen; dort warf er sich ohne Umstände in den großen Lehnstuhl des Pförtners.

»Gott, sind Sie langweilig«, sagte er, »und ich bin unglücklich! Sie halten mich für einen Verschwörer und begreifen nicht, dass ich eine Bittschrift für den König in der Tasche habe. Ich bin ein Provinzler, aber Sie sind bloß ein Dummkopf.«

Der Schweizer holte statt jeder Antwort seine Hellebarde aus der Ecke und stellte sich vor ihn hin, die Waffe in der Hand.

»Wann werden Sie sich fortscheren?«, rief er mit Stentorstimme.

Der Streit, abwechselnd vergessen und wieder aufgenommen, schien diesmal durchaus ernst zu werden, und schon zitterten die großen Hände des Schweizers seltsam an seiner Pike. Ich weiß nicht, was geschehen wäre – als der Chevalier plötzlich den Kopf drehte und sagte: »Wer kommt da?«

Ein junger Page, der ein prachtvolles Pferd ritt (kein englisches; zu der Zeit waren die mageren Beine noch nicht Mode), jagte in gestrecktem

Galopp heran. Der Weg war durch den Regen aufgeweicht, das Gittertor nur einen Spaltbreit geöffnet. Eine Verzögerung entstand; der Schweizer lief hinzu und öffnete das Tor. Der Page gebrauchte die Sporen; das Pferd, das einen Augenblick zurückgehalten worden war, wollte die alte Gangart wieder aufnehmen, machte einen falschen Tritt, glitt auf dem feuchten Boden aus und stürzte.

Es ist sehr unbequem, fast gefährlich, ein gestürztes Pferd wieder zum Aufstehen zu bringen. Mit der Reitpeitsche ist da nichts zu machen. Die Beinbewegungen des Tieres, das tut, was es kann, sind äußerst unangenehm, besonders wenn man selbst ein Bein unter dem Sattel liegen hat.

Der Chevalier eilte jedenfalls zu Hilfe, ohne an diese Unannehmlichkeiten zu denken, und benahm sich dabei so geschickt, dass das Pferd bald wieder stand und der Reiter befreit war. Aber dieser war mit Schlamm bedeckt und konnte sich kaum hinkend fortbewegen. Er wurde, so gut es ging, in das Häuschen des Schweizers gebracht und nun seinerseits in den großen Lehnstuhl gesetzt.

»Mein Herr«, sagte er zum Chevalier, »Sie sind sicherlich ein Edelmann. Sie haben mir einen großen Dienst erwiesen, aber Sie könnten mir einen noch größeren erweisen. Hier ist eine Botschaft des Königs an die Frau Marquise, und diese Botschaft ist sehr eilig, wie Sie daraus ersehen, dass wir, mein Pferd und ich, um möglichst schnell zu sein, uns beinahe den Hals gebrochen haben. Sie begreifen, dass ich in diesem Zustand und hinkend das Schreiben nicht überbringen kann. Ich müsste mich ja selbst tragen lassen. Wollen Sie an meiner Stelle gehen?« Zugleich zog er einen großen Briefumschlag mit vergoldeten Arabesken und dem königlichen Siegel aus der Tasche.

»Sehr gern, mein Herr«, erwiderte der Chevalier und nahm den Umschlag an sich. Und flink und leicht wie eine Feder lief er auf Fußspitzen davon.

V

Als der Chevalier am Schlosse ankam, stand wieder ein Schweizer vor dem Eingang.

»Befehl des Königs«, sagte der junge Mann, der jetzt die Hellebarden nicht mehr fürchtete und, indem er seinen Brief vorzeigte, fröhlich durch ein halbes Dutzend Lakaien hindurchschritt.

Mitten in der Halle stand ein großer Schweizer, der sich, als er den Brief und das königliche Siegel sah, würdevoll verneigte, gleich einer Pappel, die vom Wind gebogen wird, und dann lächelnd mit einem seiner knochigen Finger die Ecke einer Täfelung berührte. Eine von selbst zuschlagende Tür, die durch einen Vorhang verdeckt wurde, öffnete sich sofort wie von allein. Der knochige Mann machte eine verbindliche Handbewegung; der Chevalier trat hindurch, und der Vorhang fiel wieder hinter ihm zusammen.

Ein schweigsamer Kammerdiener führte ihn darauf in einen Salon, dann über einen Korridor, an dem einige kleine Kabinette lagen, endlich in einen zweiten Salon und bat ihn, einen Augenblick zu warten.

›Bin ich denn hier noch im Schloss von Versailles?‹, fragte sich der Chevalier. ›Geht das Versteckspiel wieder los?‹

Trianon war zu dieser Zeit weder, was es jetzt ist, noch, was es gewesen war. Man hat gesagt, Frau von Maintenon habe aus Versailles ein Bethaus gemacht und Frau von Pompadour ein Boudoir. Man hat auch von Trianon gesagt, dass dieses »kleine Porzellanschlösschen« das Boudoir der Frau von Montespan war. Wie es sich mit all diesen Boudoirs auch verhalten möge, es scheint, dass Ludwig XV. überall welche einrichtete. Eine Galerie, in der sein Ahnherr majestätisch spaieren ging, war damals seltsamerweise in eine Unzahl kleiner Gemächer aufgeteilt. Darin herrschten alle Farben; der König flatterte wie ein Schmetterling durch diese Lustwäldchen aus Samt und Seide. – »Finden Sie meine kleinen Zimmer geschmackvoll?«, fragte er eines Tages die schöne Gräfin von Séran. – »Nein«, sagte sie, »ich wünschte sie blau.« Da Blau die Farbe des Königs war, schmeichelte ihm diese Antwort. Beim zweiten Zusammentreffen fand Frau von Séran den Salon in Blau ausgestattet, wie sie es gewünscht hatte.

Der, in dem sich jetzt der Chevalier allein befand, war weder blau noch weiß, noch rosa, sondern hatte Spiegelwände. Man weiß, wie sehr eine schöne Frau, die gut gewachsen ist, gewinnt, wenn auf diese Weise ihr Bild sich tausendfach widerspiegelt. Sie blendet, sie umgibt sozusagen denjenigen, dem sie gefallen will. Nach welcher Seite er auch blickt, er sieht sie. Wie könnte er ihr entgehen? Es bleibt ihm nichts anderes übrig, als zu fliehen oder sich als unterworfen zu bekennen.

Der Chevalier schaute auch in den Garten hinaus. Dort begann hinter den Hagebuchengängen und Labyrinthen, den Statuen und Marmorvasen der schäferliche Geschmack sich abzuzeichnen, den die Marquise eben in Mode brachte und den später Frau Du Barry und die Königin Marie-Antoinette auf einen so hohen Grad der Vollendung steigern sollten. Schon tauchten die ersten Zeugen ländlicher Liebhaberei auf, in die sich die übersättigte Fantasie flüchtete. Schon sahen die aufgedunsenen Tritonen, die ernsten Göttinnen, die gelehrten Nymphen und die Büsten in großen Perücken aus ihren grünen Nischen mit Entsetzen mitten unter erstaunten Taxusbäumen einen englischen Garten aus der Erde wachsen. Die kleinen Rasenplätze, die kleinen Bäche, die kleinen Brücken waren im Begriffe, den Olymp zu entthronen, um ihn durch eine Milchwirtschaft zu ersetzen, eine seltsame Parodie der Natur, welche die Engländer nachahmen, ohne sie zu verstehen, ein richtiges Spielzeug, das damals der Zeitvertreib eines trägen Gebieters wurde, der nicht wusste, wie er sich in Versailles selbst von Versailles erholen sollte.

Aber der Chevalier war viel zu sehr entzückt, zu sehr hingerissen, als dass eine kritische Betrachtung sich bei ihm hätte einstellen können. Er war im Gegenteil bereit, alles zu bewundern, und er bewunderte es tatsächlich, während er seine Botschaft in den Händen drehte wie ein Provinzler seinen Hut, als eine hübsche Kammerzofe die Tür öffnete und leise zu ihm sagte:

»Kommen Sie, mein Herr.«

Er folgte ihr, und nachdem man wieder einige mehr oder weniger geheimnisvolle Korridore durchschritten hatte, ließ sie ihn in ein großes Zimmer eintreten, in dem die Fensterläden halb geschlossen waren. Dort blieb sie stehen und schien zu lauschen. ›Immerfort Versteckspiel‹, sagte sich der Chevalier. Doch nach einer Weile öffnete sich abermals die Tür und eine andere Kammerzofe, die ebenso hübsch zu sein schien wie die erste, wiederholte in demselben Ton dieselben Worte:

»Kommen Sie, mein Herr.«

Wenn er in Versailles aufgeregt gewesen war, war er es jetzt in ganz anderer Weise, denn er begriff, dass er an der Schwelle des Tempels stand, in dem die Gottheit wohnte. Er schritt klopfenden Herzens dahin; ein mildes Licht, durch leichte Gazevorhänge schwach verschleiert, folgte auf die Dunkelheit; ein köstlicher, kaum, wahrnehmbarer Duft umfing ihn; die Kammerzofe hob scheu den Zipfel eines seidenen Türvorhangs, und in einem großen Zimmer von elegantester Schlichtheit bemerkte der Chevalier die Dame mit dem Fächer, das heißt die allmächtige Marquise.

Sie war allein, sie saß an einem Tisch, in einen Morgenrock gehüllt, den Kopf in die Hand gestützt und anscheinend sehr beschäftigt. Als sie den Chevalier eintreten sah, erhob sie sich mit einer plötzlichen Bewegung, wie unfreiwillig.

»Sie kommen vom König?«

Der Chevalier hätte antworten können, aber er wusste nichts Besseres zu tun, als sich tief zu verneigen, während er der Marquise den Brief überreichte, den er ihr brachte. Sie nahm ihn oder vielmehr riss ihn mit größter Lebhaftigkeit an sich. Während sie ihn entsiegelte, zitterten ihre Hände.

Der vom König eigenhändig geschriebene Brief war ziemlich lang. Zunächst verschlang sie ihn sozusagen mit einem Blick, dann las sie ihn eifrig mit gespannter Aufmerksamkeit durch, mit gerunzelter Stirn und zusammengepressten Lippen. Sie sah dabei nicht schön aus und glich in nichts mehr der zauberhaften Erscheinung aus dem kleinen Foyer. Als sie mit Lesen zu Ende war, schien sie nachzudenken. Allmählich nahm ihr Gesicht, das erblasst war, wieder eine leichte rote Färbung an (zu dieser Stunde war sie noch nicht geschminkt); nicht nur ihre Anmut zeigte sich wieder, auch ein Glanz wahrer Schönheit trat auf ihre zarten Züge; man hätte ihre Wangen für zwei Rosenblätter halten können. Sie stieß einen halben Seufzer aus, ließ den Brief auf den Tisch fallen und wandte sich zu dem Chevalier um.

»Ich habe Sie warten lassen, mein Herr«, sagte sie zu ihm mit dem reizendsten Lächeln, »aber ich war noch nicht empfangsfähig, und ich bin es sogar jetzt noch nicht. Deshalb war ich gezwungen, Sie auf Schleichwegen kommen zu lassen; denn ich bin hier fast ebenso belagert, wie wenn ich bei mir zu Hause wäre. Ich möchte dem König mit ein paar Zeilen antworten. Ist es Ihnen unangenehm, meinen Auftrag auszuführen?«

Diesmal musste der Chevalier sprechen; er hatte Zeit gehabt, wieder etwas Mut zu fassen.

»Oh, Madame«, sagte er betrübt, »Sie erweisen mir eine große Gnade; aber leider kann ich sie nicht ausnutzen.«

»Wieso?«

»Ich habe nicht die Ehre, im Dienst Seiner Majestät zu stehen.«

»Wie sind Sie dann hierhergekommen?«

»Durch einen Zufall. Ich traf unterwegs einen Pagen, der gestürzt war, und er bat mich ...«

»Wie, gestürzt?«, wiederholte die Marquise und brach in ein Gelächter aus. (Sie schien in diesem Augenblick so glücklich zu sein, dass die Heiterkeit sie unversehens überkam.)

»Ja, Madame, er fiel am Tor vom Pferd, zum Glück war ich gerade da, um ihm beim Aufstehen behilflich zu sein, und da sein Anzug völlig verdorben war, bat er mich, seine Botschaft zu übernehmen.«

»Und aus welchem Zufall waren Sie gerade da?«

»Weil ich Seiner Majestät eine Bittschrift zu überreichen habe.«

»Seine Majestät wohnt in Versailles.«

»Ja, aber Sie wohnen hier.«

»Aha! Sodass eigentlich Sie mir einen Auftrag erteilen wollten.«

»Madame, ich bitte Sie inständigst, zu glauben ...«

»Erschrecken Sie nicht! Sie sind nicht der Erste. Aber weshalb wenden Sie sich an mich? Ich bin nur eine Frau ... wie eine andere.«

Während sie mit spöttischer Miene diese Worte sprach, warf sie einen triumphierenden Blick auf den Brief, den sie soeben gelesen hatte.

»Madame«, erwiderte der Chevalier, »ich habe stets sagen hören, dass die Männer die Macht ausübten und dass die Frauen ...«

»... darüber verfügten, nicht wahr? Nun, mein Herr, es gibt eine Königin von Frankreich.«

»Ich weiß es, Madame, und deshalb war ich heute Morgen da.«

Die Marquise war ähnliche Komplimente mehr als gewöhnt, obgleich man sie ihr nur mit leiser Stimme machte; aber unter den gegenwärtigen Umständen schien dieses ihr ganz besonders zu gefallen.

»Und in welcher Zuversicht«, sagte sie, »mit welcher Keckheit glaubten Sie hierher gelangen zu können? Denn Sie rechneten doch nicht, nehme ich an, mit einem Pferd, das unterwegs stürzte.«

»Madame, ich glaubte ... ich hoffte ...«

»Was hofften Sie?«

»Ich hoffte, dass der Zufall es ... zustande bringen könnte ...«

»Immer der Zufall! Er gehört zu Ihren Freunden, wie mir scheint; doch mache ich Sie darauf aufmerksam, dass, wenn Sie keine anderen haben, er eine traurige Empfehlung ist.«

Vielleicht wollte sich die beleidigte Glücksgöttin für diese Unehrerbietigkeit rächen; aber der Chevalier, den die letzten Fragen immer mehr verwirrt hatten, bemerkte plötzlich auf einer Ecke des Tisches genau denselben Fächer, den er am Abend vorher aufgehoben hatte. Er nahm ihn, und wie am Vorabend überreichte er ihn der Marquise, indem er vor ihr ein Knie beugte.

»Dies, Madame«, sagte er zu ihr, »ist der einzige Freund, den ich hier habe.«

Die Marquise schien zuerst erstaunt zu sein, zögerte ein Weilchen und blickte abwechselnd auf den Fächer und den Chevalier.

»Ja, Sie haben recht«, sagte sie endlich. »Sie sind es, mein Herr, ich erkenne Sie wieder. Ich habe Sie gestern Abend mit Herrn von Richelieu nach der Theateraufführung gesehen. Ich ließ diesen Fächer fallen, und Sie *waren gerade da*, wie Sie sagten.«

»Sehr wohl, Madame.«

»Und sehr artig, als wahrer Ritter, gaben Sie ihn mir zurück; ich habe Ihnen nicht gedankt, aber ich war stets überzeugt, dass derjenige, der auf so anmutige Weise einen Fächer aufzuheben versteht, auch notfalls den Fehdehandschuh aufzunehmen weiß, und das lieben wir Frauen sehr.«

»Das ist nur zu wahr, Madame; denn gleich, als ich ankam, hätte ich beinahe ein Duell mit dem Schweizer gehabt.«

»Erbarmen!«, sagte die Marquise, von einem zweiten Heiterkeitsanfall erschüttert, »mit dem Schweizer! Und warum denn?«

»Er wollte mich nicht hereinlassen.«

»Das wäre schade gewesen. Aber, mein Herr, wer sind Sie, und was wollen Sie?«

»Madame, ich bin der Chevalier von Vauvert; Herr von Biron hatte für mich um eine Stelle als Kornett der Leibwache gebeten.«

»Aha! Ich erinnere mich wieder. Sie kommen von Neauflette; Sie sind in Fräulein von Annebault verliebt ...«

»Madame, wer hat Ihnen das gesagt?«

»Oh, ich mache Sie darauf aufmerksam, dass ich sehr zu fürchten bin. Wenn mein Gedächtnis versagt, rate ich. Sie sind verwandt mit dem Abbé Chauvelin und deshalb zurückgewiesen worden, nicht wahr? Wo ist Ihre Bittschrift?«

»Hier ist sie, Madame; doch ich kann nicht begreifen ...«

»Was nützt begreifen? Stehen Sie auf und legen Sie Ihr Schriftstück hier auf den Tisch. Ich will dem König antworten; Sie werden ihm Ihre Bittschrift und meinen Brief zugleich überbringen.«

»Aber, ich glaubte, Ihnen gesagt zu haben ...«

»Sie werden gehen. Sie sind im Auftrag des Königs hierhergekommen, nicht wahr? Und Sie werden zu ihm hingehen im Auftrag der Marquise von Pompadour, Palastdame der Königin.«

Der Chevalier verneigte sich, ohne ein Wort zu sagen, in einer Art von Betäubung. Jedermann wusste seit Langem, wie viele Verhandlungen die Favoritin geführt, Listen und Ränke in Szene gesetzt und welche Hartnäckigkeit sie gezeigt hatte, um diesen Titel zu erlangen, der alles in allem ihr nur eine grausame Beleidigung durch den Dauphin eintrug. Aber sie hatte ihn sich seit zehn Jahren gewünscht; sie wollte ihn, sie hatte es erreicht. Herr von Vauvert, den sie persönlich nicht kannte, nur seine Liebesgeschichte, gefiel ihr als der Bringer einer guten Nachricht.

Unbeweglich hinter ihr stehend, beobachtete der Chevalier die Marquise, wie sie schrieb: zuerst aus vollem Herzen, mit Leidenschaft, dann überlegte sie, hielt inne und rieb sich ihr feines, zartes Näschen. Sie wurde ungeduldig; ein Zeuge störte sie. Endlich entschloss sie sich und strich etwas durch; man musste schon sagen, dass der Brief nur noch ein Konzept war. Dem Chevalier gegenüber, auf der anderen Seite des Tisches, glänzte ein schöner venezianischer Spiegel. Der sehr schüchterne Bote wagte kaum die Augen zu erheben. Doch es war schwierig, im Spiegel, über den Kopf der Marquise weg, das unruhige, reizende Gesicht der neuen Palastdame nicht zu sehen.

›Wie hübsch sie ist‹, dachte er. ›Leider bin ich in eine andere verliebt; aber Athenaïs ist schöner, und außerdem wäre es eine abscheuliche Treulosigkeit von mir ...‹

»Wovon sprechen Sie?«, sagte die Marquise. (Der Chevalier hatte nach seiner Gewohnheit laut gedacht, ohne es zu wissen.) »Was sagten Sie da?«

»Ich, Madame? Ich warte.«

»Fertig!«, sagte die Marquise und nahm ein anderes Blatt Papier; doch bei der kleinen Bewegung, die sie gemacht hatte, als sie sich umdrehte, war der Morgenrock von der Schulter herabgeglitten.

Die Mode ist etwas Sonderbares. Unsere Großmütter fanden es selbstverständlich, in gewaltigen Kleidern zu Hofe zu gehen, die ihren Busen fast unbedeckt ließen, und man sah darin nichts Unanständiges; aber sie verbargen sorgfältig ihren Rücken, den heute auf dem Ball oder in der Oper die Schönen zeigen. Diese Schönheit hat man erst neuerdings entdeckt.

Auf der zierlichen weißen und zarten Schulter der Frau von Pompadour war ein kleiner schwarzer Fleck, der wie eine Fliege aussah, die in Milch gefallen ist. Der Chevalier, ernsthaft wie jemand, den es schwindelt und der seine Fassung behalten will, betrachtete den Fleck, und die Marquise beobachtete, während sie ihre Feder hob, den Chevalier im Spiegel.

Im Spiegel wurde ein rascher Blick gewechselt, ein Blick, über den Frauen sich nicht täuschen, der von der einen Seite her sagt: »Sie sind entzückend«, und von der andern: »Ich bin darüber nicht böse.«

Immerhin ordnete die Marquise ihren Morgenrock.

»Sie betrachten mein Schönheitspflästerchen, mein Herr?«

»Ich betrachte nicht, Madame; ich sehe und bewundere.«

»Da, hier ist mein Brief. Bringen Sie ihn samt Ihrer Bittschrift zum König.«

»Aber Madame ...«

»Was denn?«

»Seine Majestät ist auf der Jagd; ich habe es im Wald von Satory blasen hören.«

»Ach richtig; ich dachte nicht daran. Also gut, morgen, übermorgen, es kommt nicht darauf an. – Nein, sofort. Gehen Sie, geben Sie beides Lebel! Leben Sie wohl, mein Herr! Bemühen Sie sich, nicht zu vergessen, dass im ganzen Königreich nur der König das Schönheitspflästerchen gesehen hat, das Sie soeben sahen; und was Ihren Freund Zufall angeht, so sagen Sie ihm bitte, er soll sich angewöhnen, nicht so laut vor sich hin zu schwätzen wie eben. Leben Sie wohl, Chevalier!«

Sie berührte ein kleines Glöckchen, ließ dann eine Flut von Spitzen über ihren Ärmel zurückfallen und streckte dem jungen Mann ihren nackten Arm hin.

Er verneigte sich noch einmal und streifte mit den Lippen kaum die rosigen Fingernägel der Marquise. Sie erblickte darin keine Unhöflichkeit, weit gefehlt, sondern eine etwas allzu große Bescheidenheit.

Sofort erschienen wieder die kleinen Kammerzofen (die großen waren nicht empfangsfähig), und hinter ihnen, steif wie ein Kirchturm inmitten einer Schafherde, zeigte ihm, stets lächelnd, der knochige Mann den Weg.

VI

Allein in seinem kleinen Zimmer in der Herberge zur »Sonne«, in einen alten Lehnstuhl hingesunken, wartete der Chevalier am nächsten Tag und am übernächsten; es kam keine Nachricht.

»Eine einzigartige Frau: sanft und herrisch, gutmütig und bösartig, die frivolste und eigensinnigste! Sie hat mich vergessen. O Jammer! Sie hat recht, sie kann alles, und ich bin nichts.«

Er war aufgestanden und ging im Zimmer auf und ab.

»Nichts, nein, ich bin nur ein armer Teufel. Mein Vater hat wahr gesprochen. Die Marquise hat sich über mich lustig gemacht; während ich sie betrachtete, war es einfach ihre eigene Schönheit, an der sie Gefallen fand. Es freute sie, im Spiegel und in meinen Augen den Abglanz ihrer Reize zu sehen, die, auf Ehre, wirklich unvergleichlich sind. Ja, ihre Augen sind klein, aber welche Anmut liegt darin! Und Latour hat vor Diderot zu seinem Porträt den Flügelstaub eines Schmetterlings benutzt. Sie ist nicht sehr groß, aber ihr Wuchs ist untadelig. – Ach, Fräulein von Annebault, meine zärtlich geliebte Freundin, vergesse ich Sie darüber?«

Einige harte Schläge an die Tür weckten ihn aus seinem Kummer.

»Was ist?«

Der knochige Mann, ganz in Schwarz gekleidet und in schönen Seidenstrümpfen, die nichtvorhandene Waden vortäuschten, trat ein und verbeugte sich tief.

»Heute Abend, Herr Chevalier, findet am Hofe Maskenball statt, und die Frau Marquise sendet mich, Ihnen zu sagen, dass Sie dazu eingeladen sind.«

»Es ist gut, vielen Dank.«

Sobald sich der Mann entfernt hatte, eilte der Chevalier zur Klingel. Dieselbe Magd, die ihn vor drei Tagen nach Kräften zurechtgestutzt hatte, half ihm, denselben flitterbesetzten Rock anzulegen, und bemühte sich, ihn noch besser herauszuputzen.

Dann machte sich der junge Mann auf den Weg nach dem Schloss, diesmal eingeladen und anscheinend ruhiger, in Wahrheit unruhiger und weniger kühn denn zuvor, als er den ersten Schritt in diese ihm noch unbekannte Welt getan hatte.

Betäubt, fast ebenso sehr wie das erste Mal, durch all die Pracht von Versailles, das heute Abend nicht öde und leer war, schritt der Chevalier durch die große Galerie, sich nach allen Seiten umsehend, bestrebt, zu erfahren, warum er geladen wäre; aber niemand schien daran zu denken, ihn anzusprechen. Nach einer Stunde langweilte er sich und wollte weggehen, als zwei vollkommen gleich gekleidete Masken, die auf einer Bank saßen, ihn beim Vorübergehen aufhielten. Eine der beiden wies mit dem Finger auf ihn, wie wenn sie eine Pistole in der Hand hätte; die andere stand auf und kam auf ihn zu.

»Es scheint, mein Herr«, sagte die Maske zu ihm, indem sie ohne Umstände seinen Arm nahm, »Sie stehen mit unserer Marquise recht gut.«

»Ich bitte um Verzeihung, Madame, aber von wem sprechen Sie?«

»Das wissen Sie sehr gut.«

»Nicht im Geringsten.«

»O doch!«

»Keineswegs.«

»Der ganze Hof weiß es.«

»Ich gehöre nicht zum Hof.«

»Sie benehmen sich wie ein Kind. Ich sage Ihnen, man weiß es.«

»Das ist möglich, Madame, doch *ich* weiß es nicht«

»Sie wissen aber, dass vorgestern am Tor des Trianons ein Page mit dem Pferd gestürzt ist. Waren Sie nicht zufällig dort?«

»Jawohl, Madame.«

»Haben Sie ihm nicht geholfen, wieder aufzustehen?«

»Jawohl, Madame.«

»Und haben Sie nicht das Schloss betreten?«

»Ohne Zweifel.«

»Und hat man Ihnen nicht ein Schriftstück übergeben?«

»Jawohl, Madame.«

»Und haben Sie es nicht zum König gebracht?«

»Gewiss.«

»Der König war nicht im Trianon; er war auf der Jagd, die Marquise war allein ... nicht wahr?«

»Jawohl, Madame.«

»Sie war eben aufgewacht; sie war kaum bekleidet, außer, wie man sagt, mit einem Morgenrock.«

»Die Leute, die man ja nicht hindern kann zu sprechen, sagen, was ihnen gerade in den Kopf kommt.«

»Sehr richtig, aber es scheint, dass von Ihrem Kopf zu dem der Marquise ein Blick gegangen ist, über den sie nicht böse war.«

»Was wollen Sie damit sagen, Madame?«

»Dass Sie ihr nicht missfallen haben.«

»Ich weiß es nicht, und ich wäre verzweifelt, wenn ein so liebenswürdiges und seltenes Wohlwollen, auf das ich nicht gefasst war und das mich bis auf den Grund meines Herzens gerührt hat, Anlass zu übler Nachrede geben könnte.«

»Sie geraten sehr schnell in Hitze, Chevalier; man könnte glauben, dass Sie den ganzen Hof fordern wollen; Sie würden jedoch nie damit fertig werden, so viele Leute umzubringen.«

»Aber, Madame, wenn dieser Page gestürzt ist und ich seine Botschaft überbracht habe ... Erlauben Sie mir übrigens zu fragen, warum ich verhört werde?«

Die Maske drückte ihm den Arm und sagte: »Hören Sie, mein Herr!«

»Alles, was Ihnen beliebt, Madame.«

»Wir erwägen jetzt Folgendes. Der König liebt die Marquise nicht mehr, und niemand glaubt, dass er sie je geliebt hat. Sie hat eine Unklugheit begangen; sie hat sich gegen das Parlament gestellt mit ihrer Zwei-Sous-Steuer, und nun wagt sie, eine viel größere Macht anzugreifen, die Gesellschaft Jesu. Sie wird dabei unterliegen; aber sie besitzt Waffen, und bevor sie fällt, wird sie sich verteidigen.«

»Nun gut, Madame, was kann ich dabei tun?«

»Ich will es Ihnen sagen: Herr von Choiseul hat sich mit Herrn von Bernis so gut wie überworfen; sie sind sich beide nicht im Klaren, was sie unternehmen wollen. Bernis wird gehen, Choiseul an seine Stelle treten; ein Wort von Ihnen kann die Entscheidung herbeiführen.«

»Auf welche Weise, bitte, Madame?«

»Indem Sie Ihren Besuch von neulich weitererzählen lassen.«

»Welche Beziehung kann zwischen meinem Besuch, den Jesuiten und dem Parlament bestehen?«

»Schreiben Sie ein paar Zeilen, und die Marquise ist verloren. Und zweifeln Sie nicht daran, dass die lebhafteste Anteilnahme, die höchste Dankbarkeit ...«

»Ich bitte Sie nochmals um Verzeihung, Madame, aber Sie verlangen da von mir eine Feigheit.«

»Gibt es in der Politik Tapferkeit?«

»Ich kenne mich in all dem nicht aus. Frau von Pompadour hat gerade vor mir ihren Fächer fallen lassen, ich habe ihn aufgehoben, ich habe ihn ihr zurückgegeben; sie hat mir gedankt, und sie hat mir mit der ihr eigenen Liebenswürdigkeit erlaubt, ihr meinerseits zu danken.«

»Schluss mit dem Herumreden, die Zeit vergeht. Ich bin die Gräfin von Estrades. Sie lieben Fräulein von Annebault, meine Nichte. Sagen Sie nicht Nein, es ist zwecklos. Sie suchen um eine Stelle als Kornett nach ... Sie werden sie morgen haben, und wenn Athenaïs Ihnen gefällt, werden Sie bald mein Neffe sein.«

»O Madame, welch Übermaß von Güte!«

»Aber Sie müssen sprechen.«

»Nein, Madame.«

»Man hatte mir gesagt, Sie liebten das junge Mädchen.«

»So sehr, wie man nur lieben kann; doch wenn ich ihr jemals meine Liebe gestehen soll, muss meine Ehre unbefleckt sein.«

»Sie sind sehr starrköpfig, Chevalier. Ist das Ihr letztes Wort?«

»Es ist das letzte und dasselbe wie das erste.«

»Sie lehnen es ab, in die Leibgarde einzutreten? Sie schlagen die Hand meiner Nichte aus?«

»Ja, Madame, wenn es um diesen Preis sein soll.«

Frau von Estrades warf dem Chevalier einen durchdringenden, prüfenden Blick zu; dann, da sie auf seinem Gesicht kein Zeichen des Zögerns sah, entfernte sie sich langsam und verlor sich in der Menge.

Der Chevalier, der dieses seltsame Abenteuer nicht begreifen konnte, setzte sich in einen Winkel der Galerie.

›Was beabsichtigt diese Frau?‹, fragte er sich. ›Sie muss ein bisschen verrückt sein. Sie will mittels einer dummen Verleumdung den Staat umwälzen und schlägt mir vor, dass ich meine Ehre wegwerfe, um die Hand ihrer Nichte zu verdienen. Aber Athenaïs würde nichts mehr von mir wissen wollen, oder wenn sie sich zu einer solchen Intrige hergäbe, würde ich mich von ihr lossagen. Wie – zu versuchen, der guten Marquise zu schaden, sie zu beschimpfen, sie anzuschwärzen ... nie! Nein, niemals!‹

Wie stets in seiner üblichen Geistesabwesenheit wollte der Chevalier sehr wahrscheinlich aufstehen und laut sprechen, als ein kleiner rosiger Finger leicht seine Schulter berührte. Er hob die Augen und sah die beiden gleichen Masken vor sich, die ihn angehalten hatten.

»Sie wollen uns also nicht ein wenig helfen«, sagte eine der Masken mit verstellter Stimme. Aber obwohl die beiden Kostüme vollkommen gleich waren und alles darauf berechnet zu sein schien, sie miteinander zu verwechseln, ließ sich der Chevalier nicht täuschen. Weder der Blick noch der Tonfall waren die gleichen.

»Wollen Sie nicht antworten, mein Herr?«

»Nein, Madame.«

»Werden Sie schreiben?«

»Ebenso wenig.«

»Sie sind wirklich hartnäckig. Guten Abend, Leutnant,«

»Was sagen Sie, Madame?«

»Hier sind Ihr Patent und Ihr Heiratsvertrag.«

Und sie warf ihm ihren Fächer zu.

Es war derselbe, den er schon zweimal aufgehoben hatte. Die kleinen Liebesgötter Bouchers spielten auf dem Pergament zwischen vergoldetem Perlmutter. Es war nicht daran zu zweifeln, es war der Fächer der Frau von Pompadour.

»Himmel! Marquise, ist es möglich? ...«

»Sehr möglich«, sagte sie und zog die kleine schwarze Spitze an der Maske über das Kinn hoch.

»Ich weiß nicht, Madame, wie ich antworten soll ...«

»Es ist nicht nötig. Sie sind ein Ehrenmann, und wir werden uns wiedersehen, denn Sie gehören nun hierher. Der König hat Sie in die Weiße Schwadron eingestellt. Denken Sie daran, dass es für einen Bittsteller keine größere Beredsamkeit gibt, als im rechten Augenblick schweigen zu können ...«

»Und verzeihen Sie uns«, setzte sie im Weggehen lachend hinzu, »dass wir, ehe wir Ihnen unsere Nichte gaben, Erkundigungen eingezogen haben.«

Weitere Titel im
EUROPÄISCHEN LITERATURVERLAG

www.elv-verlag.de

Théophile Gautier

Omphale oder Die verliebte Teppichdame – Eine Rokoko-Geschichte

Théophile Gautier (1811-1872) zählt zu den bedeutendsten französischen Schriftstellern des 19. Jahrhunderts. Er gehörte dem Künstlerkreis um Victor Hugo an und war einer der führenden Vertreter der Idee des "l'art pour l'art", die er im Vorwort zu seinem großen Roman "Mademoiselle Maupin" theoretisch fundierte.

Die Novelle "Omphale" (1834) erzählt die Geschichte eines jungen Mannes, der seinen adeligen Onkel in Paris besucht. In dessen Gartenpavillon stößt er auf einen Wandteppich mit dem Bildnis von Omphale und Herkules. Als diesem Teppich nachts der Geist einer Frau entsteigt, verändert sich das Leben des Mannes schlagartig …

1. Aufl. 2011, 36 Seiten, Deutsch, Paperback, 9,90 €

ISBN/EAN: 9783862674954

Guy de Maupassant
Novellen

Guy der Maupassant (1850-1893) zählt zu den bedeutendsten französischen Autoren des 19. Jahrhunderts. Er schuf zahlreiche Novellen, die noch heute sehr viel gelesen werden und zurecht zu den Klassikern der Weltliteratur zählen. Sechs seiner Erzählungen versammelt der vorliegende Band, darunter "Die kleine Roque", "Herr Parent" und "Mondschein".

1. Aufl. 2011, 144 Seiten, Deutsch, Paperback, 16,90 €

ISBN/EAN: 9783862672615